LVCRECE
TRAGEDIE.

Par P. DV RYER, Secretaire de Monseigneu
le Duc de Vendôsme.

A PARIS,

Chez ANTOINE DE SOMMAVILLE, a
Palais dans la Gallerie des Merciers à l'Escu de France.

M. DC. XXXVIII.

AVEC PRIVILEGE DV ROY.

A
MADEMOISELLE
MADEMOISELLE
DE
VENDOSME.

ADEMOISELLE,

C'est assez que vous ayez vne fois loüé
Lucrece, pour me faire esperer que vous
luy ferez vn accueil fauorable : Vous ne
pouuez rien approuuer qui ne merite des

ã ij

Eloges, & il me semble qu’on ne vous sçau-
roit faire de plus agreables hommages, que
des choses que vous estimez. Ainsi i’ay
rompu tout les obstacles qui pouuoient
m’empescher de vous l’offrir : Vostre estime a esté plus forte que ma timidité, & ie
m’imagine enfin qu’il n’est pas moins glorieux d’estre approuué de vous, que d’at-
teindre à la perfection. A qui deuois-je plustost presenter Lucrece, & plus iustement
consacrer cette Image de la Vertu, qu’à la
Vertu mesme ? C’est en vous, MADE-
MOISELLE, qu’elle a voulu se rendre
visible, & que nous la contemplons auec
tous ses charmes. Vos beautez & les sien-
nes font vn meslange si merueilleux, qu’il
n’est pas mal-aysé de la reconnoistre en
vous, ny de vous reconnoistre en elle. Il
ne faut plus consulter les Philosophes, pour
apprendre qu’elle est adorable, il faut seulement vous considerer ; Et c’est icy que l’on
peut dire que jamais la vertu ne fut plus

belle, & que jamais la beauté ne fut plus vertueuſe. Mais quand ie regarde cét eſclat qui vous enuironne, & qui vient autant de vos autres qualitez que de voſtre grandeur, il faut que ie confeſſe que mon preſent me tombe des mains, & que ſi voſtre bonté ne m'aydoit à le releuer, ie n'aurois pas aſſez d'aſſeurance pour l'expoſer à vos yeux. I'eſpere donc, MADEMOISELLE, que cette meſme bonté vous obligera de le receuoir, & qu'elle fera paroiſtre encore que ritable Grandeur ne fut jamais meſpriſante. Ie ſuis,

MADEMOISELLE,

Voſtre tres-humble & tres-obeyſſant Seruiteur.

DV RYER.

ACTEVRS.

TARQVIN.   Fils de Tarquin le superbe

COLLATIN.   Mary de Lucrece.

LVCRECE.

BRVTE.   Amy de Collatin.

LIVIE.

                  Damoiselles de Lucrece.

CORNELIE.

LIBANE.   Esclaue de Tarquin.

PROCVLE,   Domestique de Lucrece.

LE PERE,   De Lucrece.

La Scene est le Chasteau de Collatie.

LVCRECE
TRAGEDIE.

ACTE I.
SCENE PREMIERE.

TARQVIN, BRVTE, COLLATIN.

TARQVIN.

V O I D-on rien de pareil à son aueugle-
ment ?
Tout marié qu'il est il nous parle en
Amant,
A l'entendre parler des beautez de
Lucrece,
On doute qu'elle soit sa femme ou sa Maistresse;

A

Il luy donne l'encens qu'il doit aux Immortels
Et ſi l'on le croyoit, elle auroit des Autels.

COLLATIN,

Ouy ſa vertu merite vn ſi noble partage,
Et ſi l'on me croyoit elle auroit dauantage :
Mais s'il vous eſt permis de vanter voſtre bien
Pourquoy ne veut-on pas que ie vante le mien?
La vertu de Lucrece eſt elle moins charmante
Que lors qu'vn iuſte amour en faiſoit mon amante?
Et pour voir ce treſor en ma poſſeſſion
Doy-je moins de loüange à ſa perfection?
Par quelle iuſte loy faut-il que ie vous cede
Qu'on ne doit plus parler du bien que l'on poſſede,
Et par quel ſort inique autant que rigoureux
Ne vaterions nous pas ce qui nous rend heureux?
Lucrece tient du Ciel ſon illuſtre origine
Elle fut fille aymable, elle eſt femme diuine,
Et j'auoüray ſans honte & ſans aueuglement
Que i'ay pour elle vn cœur & deſpoux & d'amant.

TARQVIN.

Et d'eſpoux & d'amant ! Collatin il me ſemble
Que ces deux qualitez ne vont gueres enſemble.
L'amour recompenſé bruſle moins ardamment,
Et le titre d'Eſpoux chaſſe celuy d'Amant.

COLLATIN.

La beauté vertueuse est vn illustre arbitre
Qui sçait vnir ensemble, & l'vn & l'autre titre,
On ne se lasse point du soing de la garder
Bien qu'on l'ayt possedée on la veut posseder,
Et par vn don du Ciel elle à ce charme en elle
Que sa possession paroit tousiours nouuelle,
Semblable aux grands tresors dont l'espoir resioüit.
Et qu'on n'ayme point tant que lors qu'on en ioüit.

TARQVIN.

C'est trop à mon auis discourir d'vne affaire,
Dont nostre œil seulement est le iuge ordinaire.
Allons voir ces vertus, contemplons ces beautez,
Ou plustost allons voir tes seules deïtez,
Et puis-que les Destins t'ont accordé Lucrece
Fay nous voir que le Ciel manque d'vne Deesse.

COLLATIN.

Puis-qu'à de vrays discours vous resistez si fort
Venez voir pour le moins que vous raillez à tort,
Et si vous en doutez, surprenez ma Lucrece
Autant par mon conseil que par vn peu d'adresse,
Ainsi vous apprendrez si ses beautez sans art
Sont des dons de Nature, où des présens du fard
Voicy l'heure à peu prés ou l'on met en vsage,

Ce qui peut reparer les deffauts d'vn visage,
Et donner au moins beaux les attraits esclatans
Où que le Ciel refuse, où que rauit le temps.
Surprenez donc Lucrece, & contemplez en elle
Ainsi que la douceur la beauté naturelle,
Allez, Nous vous suiurons auecques cet espoir
Que vous en verrez plus que ie n'en ay fait voir.

TARQVIN.

S'il faut qu'a tes discours la verité responde
Ie te croiray bien tost le plus riche du monde,
Quels biens te manqueroient si selon tes transports
La grace & la vertu sont entre tes tresors?

SCENE SECONDE.

BRVTE, COLLATIN.

BRVTE.

*A*my cet entretiē n'est pour moy qu'vn mistere
De qui la nouueauté m'épesche de me taire,
Pourquoy loüer ta femme, & pourquoy la vanter
Deuant vn esprit foible & facile à tenter?
Lucrece est adorable, il faut que ie l'auoüe

Mais ie n'approuue pas que son mary la loüe,
Si l'on doit estre instruit de ses perfections,
Que ce soit moins par toy, que par ses actions.
Mais tandis que la guerre est par tout allumée
Pourquoy vous voyons nous de retour de l'armée?
Quelque trefue accordée aprés tant de hazards
A-t'elle suspendu la cholere de Mars?
Ou bien Arde rebelle à la force Romaine,
De sa temerité reçoit-elle la peine?
Ses Murs bien attaquez, & si bien deffendus,
Aprés tant de combats sont-ils pris ou rendus?

COLLATIN.

Non, non, fidelle Amy, ny trefue, ny victoire
Ne nous accorde point de repos ou de gloire;
Arde est toujours debout, & nos soldats campez
A batre ses rampars sont toujours occupez.

BRVTE.

Pourquoy donc de retour d'où la gloire est certaine?

COLLATIN.

Sçache qu'vne dispute en ce lieu nous rameine.

BRVTE.

Vne dispute! hé Dieux, par nos propres discords

Nous rendons bien ſouuent nos ennemis plus forts,
Et nos ſeditions leur donnent les conqueſtes,
Qu'vn mutuel accord nous rendoit toutes preſtes.
Arde‥‥ le les Romains preſſent de toutes parts,
Auoit pour ſa deffence eſleué ſes ramparts
Et croyoit que ſes murs auſſi beaux que rebelles
Eſtoient de ſon Etat les forces plus fidelles,
Mais vos diſſentions plus fortes que vos coups
Mieux que murs & ráparts l'aſſurent contre vous.

COLLATIN.

Ie ſçauois bien qu'vn mot eſchaufferoit ton ame,
Que ton Zele trop vif nous chargeroit de blâme,
Et que ſuiuant par tout tes ſeueres humeurs
Tu toucherois icy la cenſure des mœurs.

BRVTE.

Suis-je iniuſte en ce poinct, & vous ſuis-je cõtraire,
Lors que de vos deffauts ie ne ſçaurois me taire?
Me blâme qui voudra de ma ſeuerité,
M'accuſe qui voudra de trop de liberté,
L'on ne me peut blâmer que du vice d'vn homme
Qui ſe rend trop ſenſible à la gloire de Rome,
Et qui de ſon pays ſeulement amoureux
N'a jamais combattu que pour le rendre heureux.

COLLATIN.

Le mal n'est pas si grand que brute s'imagine.

BRVTE.

Il n'est jamais petit alors qu'on se mutine,
Ainsi que peu de chose éueille le Lyon
Peu de chose fait naistre vne rebellion,
Et l'on a veu souuent de legeres querelles,
Donner a ce serpent du venin & des aisles :
Vne dispute, vn mot, nous refroidit d'abord
Et ce qui fut froideur est à la fin discord.
Blâmez aprés cela mon humeur trop seuere,
Reprochez-moy qu'vn mot excite ma colere,
Mais sçachez qu'elle est saincte, & iuste en ses ri-
       gueurs
Quand le soing du pays l'allume dans nos cœurs.

COLLATIN.

Amy, cette dispute est de crime aussi nette
Que le Ciel leberal rend sa cause parfaite,
On n'en troublera point le repos de la Cour,
Et pour te dire tout, ce n'est qu'vn jeu d'amour.

BRVTE.

Les Dieux en soient loüez : mais helas ! il me semble,

Qu'on doit songer ailleurs, quãd tout le mõde treble,
Et que l'amour sans traits doit terminer ses ieux
Où son pere en courroux ne jette que des feux,
Instruy-moy toutesfois dessus cette querelle,
A qui tu veux donner vne face si belle,
Et faits enfin ton droit & si bon & si fort
Que je m'accuse icy de te blâmer à tort.

COLLATIN.

Sçache qu'hier au soir d'vne trouppe Romaine
La table de Tarquin se trouua toute pleine,
Là chacun se pressa sans prendre garde au rang
Que luy donne autre part le merite, ou le sang,
La le verre à la main, la Noblesse occupée
Semble auoir oublié l'vsage de l'espée,
Et tels jamais de Mars n'auoient esté vaincus,
Qui firent gloire alors de l'estre de Bacchus.

BRVTE.

Iusques-là Collatin, tout est assez croyable,
Et c'est toujours ce Dieu qui triomphe à la table.

COLLATIN.

Il est vray.

                              ### BRVTE.

BRVTE.

Mais poursuy, ne me refuse pas
L'agreable recit d'vn si fameux repas.

COLLATIN

Là comme aprés le vin on parle auec franchise,
Chacun dit son auis, & chacun s'authorise.
L'vn veut prescrire au camp de nouueaux reglemés,
L'autre trouue à redire à nos retranchemens,
Et d'vn doigt plus hardy, qu'il n'estoit profitable,
Entrace de nouueaux sur les coings d'vne table:
Cependant on se jouë, on exerce ses mains,
Et l'on renuerse ensemble & tables & desseins:
L'vn ne parle que sang, & ne souffle que flames,
L'autre moins furieux, ne parle que des Dames;
Et dit sans y songer ce qu'il eust estouffé,
Si d'autres Dieux qu'Amour ne l'auoiët échauffé.
A ce nouueau discours tout le monde s'esueille,
Chacun parle d'Amour, ou luy preste l'oreille,
Et selon la chaleur, qui soustient ses transports,
Vante de ce qu'il ayme, où l'esprit, où le corps.
Là bien plus justement que pas vn de la presse
Ie loüay l'vn & l'autre en ma chere Lucrece:
Aussi n'est-elle point de ces Dames du temps,
Qui n'ont pour la vertu, que des cœurs inconstans:

B

Mais de cette Deeſſe, à ſes yeux ſi charmante,
Elle eſt la plus fidelle & la plus noble Amante.
Le bal n'a point d'attraits qui la puiſſent tenter,
Le theatre n'a rien qu'elle puiſſe gouſter,
Mais la ſeule vertu, dont elle eſt idolatre,
Eſt en toute ſaiſon ſon bal & ſon theatre;
Et ſon ambition loing du faſte des Rois
N'a que pour ſa maiſon des deſſeins, & des loix.

BRVTE.

Tu t'emportes, Amy, vers l'objet de ta gloire,
Et ne te ſouuiens plus d'acheuer ton hiſtoire,
Pourſuy donc, & me dis comment elle acheua.

COLLATIN.

Ie loüay donc Lucrece, & chacun m'approuua,
Mais Tarquin qui m'ouit auec impatience
A tant de veritez refuſa ſa croyance.

BRVTE.

Que dit-il aprés tout?

COLLATIN.

Il rit, & dit tout haut
Où qu'elle n'eſt pas femme, ou qu'elle à ſon deffaut,
Et que pour la juger de tant d'attraits pourueuë,

Il ne se peut fier qu'au rapport de sa veuë.
Ie m'offre en mesme temps à la luy faire voir,
Et crus cette franchise estre de mon deuoir.
Tarquin me prend au mot, moy ie le presse encore,
On resout de partir à la premiere Aurore,
Le jour vient, nous partons, & sans estre attendus,
Deux heures de chemin nous ont icy rendus.
Ainsi nasquit au camp l'agreable dispute
Qui vient de prouoquer la colere de Brute.

BRVTE.

Qu'elle vienne d'amour, qu'elle vienne de Mars,
L'une ou l'autre origine, est feconde en hazars,
Si chacun a son vice, & son sujet de blasme,
Amy, le tien consiste à trop loüer ta femme.
Ce n'est pas toutesfois qu'un merite si haut
Soit a mon jugement, capable de deffaut.
Comme vne deité ie regarde Lucrece,
Ses vertus sont par tout, sans tache & sans foiblesse,
Mon esprit soupçonneux, ne craint rien de leur part,
Mais ie redoute tout du costé du hazard.

COLLATIN.

Qui des deux a le tort? ou qui des deux s'abuse?
Ie vante le merite, & Brute m'en accuse!
Veux-tu que de Lucrece, oubliant les appas,

Ie t'en fasse vn pourtrait, qu'on ne connoisse pas?
Veux-tu qu'à ses vertus i'oppose quelque voile,
Et qu'enfin d'vn Soleil ie te fasse vne Etoile?

BRVTE.

Amy n'en parlons plus, elle est belle, on le croid,
Et si c'est vn Soleil, tout le monde le void.
Tu nous vantes ta femme, & ne sçais pas peut estre,
Qu'on hazarde vn tresor, quand on le fait paroistre:
Si la femme est vn bien agreable & charmant,
C'est vn bien peu durable, & qu'on perd aysement.
On le fait desirer aussi tost qu'on le vante,
Ce desir est dans l'ame vn Demon qui la tente,
Et quoy que l'on oppose à cette verité,
Ie tiens presque perdu le bien trop souhaitté.

COLLATIN.

Lors que par les vertus vne ame est possedée,
Par les mesmes vertus elle est aussi gardée,
Et quoy qu'on fasse agir pour vn bien desiré,
Si la vertu le garde, il est trop assuré.

BRVTE.

Songe à ce que tu faits, commence a te connoistre,
Le bien dont nous parlons cesse bien-tost de l'estre,
Et par vn sort étrange, autant qu'infortuné,

Tel a cru le monſtrer, qui l'a ſouuent donné.

COLLATIN.

Que de vaines horreurs troublent ta fantaiſie!
Et que ta ſombre humeur panche à la jalouſie!

BRVTE.

Par elle, Collatin, l'on a ſouuent gardé
Ce que trop de franchiſe euſt bien-toſt hazardé.

COLLATIN.

Bien ſouuent vn mary par ce tranſport infame
Au lieu de la garder, perd vne honneſte femme;
Et de cette cruelle, & laſche paſſion,
Cette perte qu'il fait eſt la punition.

BRVTE.

Vante où blâme ta femme au gré de ton caprice,
Mais croy qu'ē vn mary l'vn & l'autre eſt vn vice.

COLLATIN.

Il eſt vray, c'eſt vn vice aux eſprits importuns,
Qui n'ont rien à vanter que des attraits communs:
Mais s'ils auoient du Ciel obtenu des Lucreces,
Ils loüeroient iuſtement de ſi nobles richeſſes;
Et malgré tes auis vn peu trop rigoureux,

B iij

Le vice que tu dis seroit vertu pour eux.

BRVTE.

Que l'amour le plus juste, & le plus raisonnable
Produit par son exceds vn effet condemnable !
Chacun tient comme toy pour vn poinct debatu,
Que le nombre est petit des femmes de vertu :
Et chacun toutesfois abusé par vne ombre
Croid que la sienne a place en vn si petit nombre.
Mais ie veux que Lucrece y soit au premier rang,
Et qu'elle porte vn cœur plus noble que son sang;
Peses-tu qu'estant chaste elle en soit moins aimable?
Qu'vn front vn peu seuere en soit moins estimable?
Et que l'œil innocent, d'où naissent tes plaisirs,
Ne puisse pas donner de coupables desirs?
Assez & trop souuent la chasteté seuere
D'vn vicieux Amour est l'innocente mere,
Et ce fils criminel deuenu le plus fort
Attaque enfin sa mere, & luy donne la mort.
Mais veux-tu que ie parle auec cette franchise,
Qu'vne longue amitié nous a toujours permise?
Tarquin est d'vne humeur qui s'esmeut aysement,
Et qui passe bien-tost jusqu'au desreglement,
Son desir eschauffé ne respecte personne,
Il croid que la licene est vn droit de Couronne,
Que c'est vn trait d'esprit de tromper ses amis,

Et que quand l'on peut tout, tout est auſſi permis.
Tu l'as veu, tu le ſçais, & te trahis toy meſme!
Tu monſtres au lyon la paſture qu'il ayme!
Et deſcouures peut eſtre à ſa brutalité
Ce que ſans ton diſcours il n'euſt pas ſouhaitté.
Quelques fortes raiſons qui te puiſſent deffendre
Trop vanter de grands biens c'eſt mõtrer a les prẽdre.
Tu t'enris toutesfois, & tu n'apperçois pas
Les gouffres apparans qui s'ouurent ſous tes pas!
Et ton eſprit aueugle en pareille rencontre
Prendra pour le ſerpent celuy qui te le monſtre!
Que ſçais-tu ſi Tarquin n'a pas en d'autres lieux
Ietté ſur ta Lucrece vn regard vicieux?
Que ſçais-tu ſi Tarquin ne cache pas pour elle
Vne flamme amoureuſe, & vieille, & criminelle?
Et ſi pour viſiter l'objet de ſes amours
Il n'a pas a deſſein contredit ton diſcours?
Penſes y de plus prês, ſonge à cét artifice,
Mille ſubtilitez accompagnent le vice,
Il ſe porte ayſement ou jamais il ne fut,
Et cent chemins ſecrets le menent a ſon but.

COLLATIN.

Vn eſprit deffiant trouue en tout quelque tache,
Tout nuit a ſon repos, ainſi que tout le fâche;
Deuant luy fortement à ſon ſens attaché

La vertu n'est qu'vn voile à couurir le peché,
Et comme toy touiours a soy-mesme seuere
D'vn seul mot sans dessein il se fait vn mystere.
Me preserue le Ciel de semblables humeurs,
Qui ne furent jamais que la peste des meurs.

BRVTE,

Qu'il t'en preserue donc, mais repasse en ton ame
Que Tarquin porte vn Sceptre, & que Lucrece est
  femme.

ACTE

ACTE II.
SCENE PREMIERE.

TARQVIN seul.

C'Est Lucrece, qu'importe, il la faut emporter,
Et ie suis en vn rang à ne rien respecter,
Ie puis tout esperer, & ie ne doy rien craindre,
Il n'est rien de si haut où ie ne puisse attaindre,
Et partout où le Ciel me promet des plaisirs,
Ie puis impunement y porter mes desirs.
Ne considerons point cette vertu supréme
Comme vn empeschement à mon amour extréme,
La plus haute vertu peut choir en vn instant,
Et n'est jamais constante en vn sexe inconstant.
Ce merite apparent qui releue Lucrece,
N'est peut estre qu'vn fard qui cache sa foiblesse,
Et dont l'esclat trompeur ne fait qu'espouuanter
Quiconque la vaincra s'il oze la tenter:

C

Qvelques vains sentimens qu'on oppose au cõtraire,
La vertu d'vne femme est vn foible auersaire,
Et sans mettre en vsage & la flamme & le fer
Qui n'en triomphe pas n'en veut pas triompher.
Mais peut elle estre sainte & chaste reputée
Si jamais sa beauté ne fut sollicitée?
La femme n'est pudique & ne s'en peut vanter,
Que lors qu'elle a dompté ce qui la put dompter.
Osons donc toute chose, & donnons à Lucrece
De quoy nous faire voir sa force ou sa foiblesse,
Triomphons d'vn esprit si seuere & si doux,
Ou donnons luy subjet de triompher de nous.
Et quand mesme il faudroit embrasser des supplices
Trauaillons pour sa gloire ou bien pour mes delices.

SCENE DEVXIEME.

TARQVIN, BRVTE.

TARQVIN.

Brute, enfin ie l'ay veuë, & ie sçay ce qu'elle est.

BRVTE.

Pour le moins sa vertu vous cõtente & vous plaist.

TARQVIN.

Souuent cette vertu n'est qu'vn art ridicule,

Qui ne sert qu'à tromper vn mary trop credule.

BRVTE.

Seigneur, si c'est vn art, c'est vn art glorieux,
Qui rend Lucrece illustre, & l'approche des Dieux.

TARQVIN.

Ouy Brute, c'est vn art qui te trompe toy mesme.

BRVTE.

Douter de sa vertu c'est commettre vn blasphême.

TARQVIN.

As-tu battu ce fort, & t'a-t'il resisté ?

BRVTE.

L'auez vous assailly, l'auez vous emporté ?

TARQVIN.

Non, non, jusques icy ie n'eus jamais d'enuie,
De ternir la splendeur d'vne si belle vie,
Et je veux que le Ciel m'oste du rang des Rois
Si jusqu'à ce dessein i'abuse de mes droits.
Mais enfin l'ō peut rire & sans crime & sans blâme,
On peut innocemment attaquer vne femme,
Et bien que sa vertu ne puisse pas faillir,

Pour la mieux faire voir on la peut affaillir:
Ainfi par vne longue & glorieufe attaque
On efprouua jadis la Princeffe d'Itaque,
Et fi l'on n'euft jamais fon efprit combattu
Iamais le monde entier n'euft vanté fa vertu.
D'inutiles affauts illuftrent fa memoire,
Et ce qui dut l'abatre a fouftenu fa gloire.
Tentons ainfi Lucrece, & par des vains efforts
Donnons vn nouueau luftre à des attraits fi forts.

BRVTE.

Figurez vous Seigneur fa conquefte impoffible,
Laiffez à fa vertu le titre d'inuincible,
Où luit le vray merite affez de luftre eft joint,
Et ne faut point de preuue où l'on ne doute point.
Vouloir trop efprouuer vne vertu fi belle
Eft agir contre vous, auffi-toft que contr elle;
Peut eftre en affaillant cette pudicité
Vous dreffez vne embuche à voftre liberté,
Et vous allez en vous découurir la foibleffe,
Que vous cherchez en vain dans l'efprit de Lucrece.
Elle refiftera, l'on n'en fçauroit douter,
Et par fa refiftance elle peut vous tenter:
L'honnefte refiftance eft de cette nature
Qu'elle porte le feu dans l'ame qui l'endure,
Et nous rend obftinez à pourfuiure des fers

Que nous rejetterions s'ils nous estoient offerts.
Ainsi par vn malheur qui va jusqu'à l'extréme
Tel croit brusler autruy qui se brusle soy-méme ;
Ainsi loing des succez qu'on auoit attendus
Dans l'espreuue d'autruy beaucoup se sont perdus.
Ne croyez pas pourtant que ie vous sois contraire,
Ie presterois la main a mener cette affaire,
Vostre dessein est bon, mais il se peut changer,
Et d'vn semblable jeu l'on peut faire vn danger.

TARQVIN.

Ne t'estonne de rien, suiuons cette entreprise
Au dessein que ie faits preste ton entremise,
Nous aurons trauaillé sous vn heureux destin
Pourueu que le danger regarde Collatin.

BRVTE.

Quel dessein!

TARQVIN.

Que dis-tu ?

BRVTE.

Que vous aymez Lucrece,
Et que par ce dessein vostre cœur le confesse ;
Si vous n'aymiez encor la femme d'vn amy,

Peut estre croyriez vous ne l'aymer qu'à demy.
Ne dissimulez point Lucrece est assez belle
Pour faire d'vn Monarque vn esclaue chez elle,
Et vous estes aussi de ce temperament
Ou les flammes d'amour s'attachent aysement.

TARQVIN.

Ouy ie brusle aysement pour des sujets sensibles,
Mais je fuy les beautez que je trouue inuincibles.
Ie ne m'efforce point d'esbranler vn Rocher,
Et ie hay le plaisir qui me couste trop cher.
La faueur d'vne femme est-ce vn si beau partage
Qu'il faille à sa poursuitte employer tout nostre âge?
Non non, elle est pour nous vn bien trop inconstant;
Et c'est trop l'achepter que d'y perdre vn instant;
Que Lucrece soit belle, elle est trop peu traitable,
Et ce poinct seulement me la rend mesprisable.

BRVTE.

Pourquoy resistez vous, où vous deuez ceder?
Pourquoy vous cachez vous a qui vous peut ayder?
Ay-je en d'autres secrets mõstré quelque imprudẽce
Qui me puisse bannir de vostre confidence?
Ay-je manqué pour vous de soing & de respect?
Et quelque occasion me rend-elle suspect?

TARQVIN.

Quoy, tu voudrois ayder vn esprit miserable
Qu'vne amour si honteuse auroit rendu coupable ?
Et tu mespriserois les hommes & les Dieux
Pour le contentement d'vn Amy vicieux ?

BRVTE.

Ouy pour ayder son Prince, & pour l'oster de peine
Il n'est rien de si fort que Brute n'entreprenne.

TARQVIN.

L'offre que tu me faits me pourroit enflammer,
Et si ie n'aymois pas, tu me ferois aymer.

BRVTE.

Vous l'auoüez enfin.

TARQVIN.

Ouy Brute, ie confesse,
Qu'Amour est vn tribut que l'on doit à Lucrece,
Et qu'il est mal-aisé de conseruer son cœur.
Ou regne absolument vn si noble vaincœur.
I'ay veu, i'ay veu Lucrece, où bien la beauté mesme,
Et c'est en dire assez, pour t'apprendre que i'ayme :
Ainsi sans y penser, vn Amy sans raison

Croid chez luy me conduire, & me mene en prison.

BRVTE.

Vous aymeriez Lucrece!

TARQVIN.

Ouy ie luy rends les armes,
Ie suis foible prés d'elle, & ie cede à ses charmes.
Quelle fin bornera ce violent accez?
Ie commence à l'aymer, & l'ayme auec excez!
Qu'à cét Astre qui rend toute chose esclairée
La beauté qui nous plaist ne soit plus comparée,
Le Soleil en naissant n'a presque point de feu,
Et ses premiers rayons ne touchent que fort peu;
Mais la beauté plus forte & plus digne de plaire
Brusle, enflame, consume aussitost qu'elle esclaire,
Et ses premiers regards superbes & charmans
Font en moins d'vn instant de grands embrasemens.

BRVTE.

Il est vray que Lucrece est le charme de l'ame,
Si l'on void ses beautez on deuiendra de flame,
Mais si l'on void l'esprit qu'elle a receu des Cieux
Ses vertus esteindront ce qu'enflamment ses yeux.

TARQVIN.

TARQVIN.

Ie connoy ses vertus ainsi que son visage,
Et les difficultez m'enflamment dauantage :
Qu'elle oste tout espoir aux passions d'vn Roy,
Que sa pudicité soit plus forte que moy,
Mon feu trop violent ne trouue rien à craindre,
Et fait son aliment de ce qui peut l'esteindre.
Entreprens seulement ce que tu m'as promis
Adoucir la prison où Lucrece m'a mis,
Ou si Lucrece & toy ne voulez pas m'entendre
La flame de l'esprit mettra le corps en cendre.
Poursuy donc cher Amy, trauaille à mon secours,
Et prens pour y venir les chemins les plus courts.
Tu demeures muet !

BRVTE.

Il vaut bien mieux se taire,
Que donner vn conseil qui ne pourroit pas plaire.

TARQVIN.

Rauirai-je l'objet dont ie me sens rauy ?
Si c'est là ton conseil, il plaist, il est suiuy.

BRVTE.

Ha Seigneur resistez à ce malheur extréme

D

Dont le coup plus ſanglāt tomberoit ſur vous meſme,
Et ſongez que l'honneur, dont vous ſuiuez les loix,
Doit pluſtoſt que l'amour eſtre le Dieu des Roys.

TARQVIN.

I'approuue auec raiſon cette Auguſte parole,
L'honneur doit eſtre ſeul noſtre plus chere idole,
Mais où regne l'amour, ce Dieu des voluptez,
On conſidere peu les autres deitez.
Enfin venons au poinct.

BRVTE.

Le ſeul poinct neceſſaire
Conſiſte à triompher d'vn ſi fort auerſaire.
Qu'vn flatteur me cōdamne & vous parle autremēt
Brute eſt accouſtumé de parler librement:
Vous le vouliez jadis, vous le voudrez encore
Puis qu'il s'agit d'eſteindre vn feu qui vous deuore,

TARQVIN.

Veux-tu donc me combattre au lieu de m'aſſiſter?

BRVTE.

Ce n'eſt pas auec vous que ie veux reſiſter,
Mais vous voyant geyné d'vne amour ſi contraire
C'eſt bien vous aſſiſter que de vous en diſtraire.

TARQVIN.

Le traiſtre ! cher Amy, ie connoy mon peché,
Mais pour m'en deſgager i'y ſuis trop attaché.

BRVTE.

Conſiderez l'horreur où cét Amour vous porte,
Et bien-toſt la raiſon ſe rendra la plus forte.
Comment flechirez vous cette Illuſtre beauté,
Que vous faites l'objet de voſtre volonté ?
Les dons & des diſcours les forces & les charmes
Ne ſont pour la gaigner que d'inutiles armes;
Les Dons ne tentent point qui meſpriſe le bien,
La voix ne touche point quiconque n'entend rien,
Et ſi ces deux moyens pour elle ſans amorce
Irritent voſtre amour juſqu'à l'auoir de force,
Vous armez contre vous autant de combattans
Que l'Empire Romain fournira d'habitans.
Lucrece tient vn rang que la gloire enuironne,
Elle eſt en vn degré ſi prés de la Couronne.
Qu'on ne peut le choquer ſans esbranler celuy
Qui ſert à voſtre throſne & de baſe & d'appuy.
Chaſſez donc cet amour, où plutoſt cette peſte,
Alors qu'il eſt iniuſte il eſt toujours funeſte,
Et par ſes cruautez on a veu mille fois
La Couronne tomber de la teſte des Rois.

Iadis par luy Paris vid sa gloire flestrie,
Par luy ce lâche esprit desola sa patrie,
Destruisit ses amis, se ruina comme eux,
Et fit vn grand bucher d'vn Empire fameux,
Bref il n'est rien de saint que ce feu ne consomme,
Et s'il a bruslé Troye il peut bien brusler Rome.

TARQVIN.

Que ie suis redeuable à cét heureux discours
Qui conserue ma gloire & me donne secours !
Amy le plus parfait des amis de la terre
Tu ne pouuois m'ayder qu'en me faisant la guerre.
Tu dessilles mes yeux des-ja priuez du jour,
Et tu romps le bandeau dont m'aueugloit l'amour.
Enfin par ton trauail ie voy les precipices,
Où m'alloient entraisner de trompeuses delices,
Que tu me sers icy d'vn puissant deffenseur !
Et que i'ayme vn Amy qui se fait mon censeur !
Pardon chaste Lucrece à ma flamme insensee,
T'auoir cru conquerir c'est t'auoir offencée,
Mais te croire inuincible aux passions d'vn Roy
C'est reparer le mal que j'ay fait contre toy.
Cher Amy, qu'vne amour si fatale à ma gloire
Ainsi que de mon cœur sorte de ta memoire,
Mets en oubly l'horreur dont j'allois me tacher,
Où ne t'en ressouuiens qu'affin de la cacher.

Monſtre moy des effets d'vn zele legitimé
Tout autant à couurir qu'à deſtourner mon crime,
Cache tout à Lucrece ainſi qu'à ſon eſpoux,
Et d'vn trop libre amy ne fay pas vn jaloux.

BRVTE.

Ie ſçay bien mon deuoir, mais vous reſuez encore.

TARQVIN.

Ie penſe à ta vertu, que i'ayme, & que i'honnore.

BRVTE.

Mais c'eſt à mon auis trop long temps demeurer
Où peut eſtre l'amour vous euſt fait eſgarer.

TARQVIN.

Amy que tes conſeils me ſont doux & propices!
Mais retournons au camp & dans les exercices,
Nous ſommes de l'amour plus ayſement vaincœurs
Lors qu'vn noble trauail en diuertit nos cœurs.
Allons nous preparer pour vne autre victoire,
Et s'il nous faut aymer, n'aymons plus que la gloire,
Faits venir mon eſclaue, il eſt temps de partir,
Vat'en de ce deſſein Collatin auertir.

D iij

BRVTE.

Vous ne fites jamais de deſſeins plus Auguſtes,
Ny de commandemens mieux ſuiuis, ny plus juſtes.

SCENE TROISIESME.

TARQVIN ſeul.

ET toy barbare eſprit, qui penſes me toucher,
  Tu ne dis jamais rien qui me couſtaſt plus cher.
  Inſenſé, tes auis ſont pour moy des iniures,
Et le rang où ie ſuis deteſte les cenſures.
Lors que mes paßions conſultent tes pareils,
I'en attends des effets & non pas des conſeils;
Ie veux voir à mon gré ma volonté ſuiuie,
Et qui me contredit eſtime peu ſa vie.
Ie cede en apparence a ton ſoing imprudent
De peur de faire vn traiſtre au lieu d'vn confident,
Mais de quelques raiſõs, dõt tu veuilles m'inſtruire,
Tu ne me rends ſçauant qu'en l'art de te deſtruire.
Ma fureur eſt vn feu qui ne s'eſteint jamais,
Et qui porte la guerre où ie monſtre la paix.
Le lâche s'offre a moy, m'interroge, me preſſe,
Me promet du ſecours pourueu que ie confeſſe,

Et le traiſtre aprés tout ne me vient gouuerner
Que comme vn criminel que l'on veut condamner.
Tu t'en repentiras ame ingrate, ame vaine,
Ton ſeuere diſcours n'a conclu qu'à ta peine,
Et tu ſçauras qu'vn iuge eſt luy meſme en danger,
Quand celuy, qu'il condamne, a droit de le iuger.
Ie reduiray ſi bas ta fortune & ta vie,
Qu'au plus infortuné, tu porteras enuie.
Tu veux à mon amour eſtablir vne loy,
Mais ſçache que ſa flame eſt vn foudre pour toy,
Sçache qu'il a pour luy contre tes reſueries
D'vn Roy qui le cherit la force & les furies.
Il regne, il regnera, tout coupable qu'il eſt,
Si cét mon ennemy, mon ennemy me plaiſt.
Tes genereux conſeils ont pour luy des amorces,
Ta folle reſiſtance a confirmé ſes forces,
Et par ce qu'il te choque & te ſemble infenſe,
Ie le r'appellerois ſi ie l'auois chaſſé.
Ie n'ayme plus Lucrece à cauſe qu'elle eſt belle
Mais par ce que tu veux que ie ſois froid pour elle,
Et ie la croiray foible & facile à dompter
Puis que pour mes plaiſirs tu crains de la tenter.
Enfin ie la ſuiuray juſqu'au point de me plaire
Plus en deſpit de toy que pour me ſatisfaire,
Et j'iray l'aſſaillir, fut-elle entre les Dieux,
Plus irrité par toy que charmé par ſes yeux.

SCENE IV·
TARQVIN, LIBANE.

TARQVIN.

Libane approche-toy, mais auec vn courage
Qui ne demente point l'affaire où ie t'engage,
Et pour le iuste prix des biens, qui m'en viendront,
Si ta franchise est peu mes faueurs s'y joindront.

LIBANE.

A qui sert par Amour toutes offres sont vaines,
Ie vous sers librement mesme auecques ses chaines,
Et ne souhaitterois l'aymable liberté,
Que pour vous assurer de cette verité.

TARQVIN.

Libane tu l'auras, ce sera ton salaire,
Mais redouble pour moy ton adresse ordinaire,
Ie brusle pour Lucrece, & tu me dois seruir
Ou bien a la gaigner ou bien a la rauir.

                                    LIBANE

LIBANE.

Nous en triompherons, cette victoire est preste,
Vne femme est pour vous de facile conqueste.

TARQVIN.

Ie m'en retourne au camp auecque cét espoir
D'y laisser Collatin, & d'estre icy ce soir ;
Mais pour faciliter le bon-heur ou i'aspire,
Tu feras cependant ce que ie te vay dire.
Surtout suiuans d'abord les chemins les plus doux.
Il faut donc. A tantost, Collatin vient à nous.

SCENE CINQVIEME.

TARQVIN, COLLATIN.
TARQVIN.

IE me rends, cher-Amy, ie cede, ie l'auoüe,
Qui merite vn autel merite qu'on le loüe ;
Apres tous les discours dont tu m'as combattu,
I'ay cru voir vne femme, & i'ay veu la vertu.

COLLATIN.

Vous croirez que le sexe a du moins vne femme
Dont les hautes beautez s'estendent iusqu'à l'ame.

E

LVCRECE,

TARQVIN.

Ie te croy deformais seul fauory des Cieux,
Puis qu'ils font pour toy seul des biens si-precieux.
Si le sexe est blasmé pour vn peu de foiblesse,
Tout le sexe est loüable à cause de Lucrece.
Si l'on estime encor des peuples glorieux
Parce qu'il en nasquit des Heros & des Dieux;
Par vn droit aussi fort, & non moins équitable.
Puis que Lucrece en est, tout le sexe est aymable.

SCENE SIXIESME

BRVTE, LVCRECE, TARQVIN, COLLATIN.

LVCRECE.

IL veut des-ja partir!

BRVTE.

Ne le retenez pas.

TARQVIN.

Mais elle te suiuoit, la voicy sur tes pas.

LVCRECE.

Partirez vous si tost?

TARQVIN.

Au moins ie m'y dispose.

LVCRECE.

Arriuer & partir est-ce en vous mesme chose?
Si vous traitez ainsi ceux que vous frequentez,
Vous n'importunez pas lors que vous visitez;
Et l'on vous fait souuent de ces plaintes discrettes
Que vous ostez bientost les hõneurs que vous faites;
Mais vous estes touché d'vn plus noble soucy,
Et vous perdez le temps que vous donnez icy.

TARQVIN.

Par des soings eternels ie feray tousiours croire
Que mon plus beau soucy regarde vostre gloire;
Et bien que sur ce poinct vous m'ayez combattu
L'on ne perd point de temps auprés de la vertu.

LVCRECE.

Aussi l'allez vous suiure en ces lieux honorables,
Ou mesme les dangers vous semblent desirables.

E iij

LVCRECE,

COLLATIN.

Vous n'estes pas party.

BRVTE.

Le plutost est le mieux;
Le camp lassé d'vn siege à besoing de vos yeux,
La presence d'vn chef est l'ame d'vne armée
Qui ne peut subsister sans en estre animée.

TARQVIN.

Tu t'en repentiras. Partons de bons auis,
Ne peuuent ce me semble estre trop tost suiuis.
Demeure Collatin, ta Lucrece t'inuite
De faire plus durer cette heureuse visite,
Et ie suis assuré que d'vne & d'autre part
C'est auecque regret qu'on songe à ce depart.

LVCRECE.

Ie le rendrois coupable, & luy serois rebelle
Si ie le retenois quand la gloire l'appelle;
C'est le plus noble objet qu'il puisse caresser,
Et s'il n'y couroit pas ie voudrois l'y pousser.
Quoy qu'on entende dire à ces esprits infames
L'homme est fait pour la gloire & non pas pour les
    femmes.

TARQVIN.

Ce genereux discours te donne ton congé,

COLLATIN.

Ie le prends aysement quand i'y suis obligé.

TARQVIN.

Ha, Brute, en cét endroit que de richesse abonde!
Et que l'on trouue peu de Lucreces au monde!

E iij

ACTE III.

SCENE PREMIERE.

LIVIE, CORNELIE.

LIVIE.

Ainsi qu'à mes pensers, ie puis à mes discours
Donner auprés de vous vn lõg & libre cours;
Que mes opinions ridicules & vaines
Soient autant sans raison que les vostres sont saines,
Vous m'estimez assez pour cacher mon deffaut,
Et pour me retenir si ie vole trop haut.

CORNELIE.

Si ce que vous pensez vous peut charger de blasme,
Vous deuez aussi-tost l'estouffer dans vostre ame.
On doit estre müet pour vne opinion
Que l'on craint d'exprimer à sa confusion,

Et selon ce conseil à chacun salutaire,
Vne fille d'esprit doit parler ou se taire.
Resuez sur les propos que vous voudrez tenir,
La voix fort aysement, & ne peut reuenir.
Ce n'est pas qu'entre nous vne honneste franchise
Ne soit à vos discours par moy-mesme permise,
Dites-moy, qu'auez-vous à me representer?
Et quel est le subjet qui vous fait hesiter?

LIVIE.

Tarquin à mon auis ne porte point les marquès,
Qui doiuent esclatter sur le front des Monarques,
Il n'a ny la douceur, ny cette Majesté,
Qui font d'vn Roy mortel vne diuinité;
Mais toujours orgueilleux, & toujours temeraire
Il herite des-ja des humeurs de son pere.

CORNELIE.

Termine ces discours de tous temps improuuez,
Ils sont pour vne fille vn peu trop releuez,
Et ce n'est pas à nous, où la foiblesse abonde,
A faire le procez des Deitez du monde.
Les Rois ont esté faits des Sceptres possesseurs
Pour auoir des subjets, & non pas des censeurs.

SCENE DEVXIESME.

LIBANE, LIVIE, CORNELIE.

LIBANE.

IE rencontre à propos les femmes de Lucrece,
Icy doit commencer l'embusche que ie dresse.

LIVIE.

Mais voicy son Esclaue, estoit-il demeuré?
Pourquoy reuenez-vous?

LIBANE.

Ie me suis esgaré,
Et par mille chemins que la nuict m'a fait prendre
Ie me rends en ce lieu sans dessein de m'y rendre.

LIVIE.

Mais le chemin du camp est assez frequenté.

LIBANE.

Malgré moy toutesfois ie m'en suis escarté.

LIVIE.

LIVIE.

Comment s'est fait cela.

LIBANE.

L'on demande vn mystere,
Et dangereux à dire, & dangereux à taire.

LIVIE.

Regarde-t'il quelqu'vn qui nous doiue estre cher?

LIBANE.

C'est encore à ce poinct que ie n'ose toucher.
Lucrece est en effet & si chaste & si belle,
Q'à peine croiroit-on ce qui se fait contr'elle.

LIVIE.

Collatin le sçait-il sans monstrer son credit?

LIBANE.

Helas! puis que c'est luy, mais Dieux, i'ẽ ay trop dit.

CORNELIE.

O Dieux que nous dit-il? doi-je croire, Liuie?
Que le vice corrompe vne si noble vie

E

LVCRECE,

LIBANE.

Ie ne dis pas cela.

LIVIE.

Ton discours te dement,
Et qui feint comme toy parle trop clairement.
Que la fidelité souffre au siecle où nous sommes!
Et que c'est vn tresor que gardent peu les hommes!
Acheue.

LIBANE.

Que diray-je.

CORNELIE.

Il ne faut point resuer,
Tu ne deuois rien dire, ou tu dois acheuer.

SCENE TROISIEME.

LVCRECE, LIVIE, CORNELIE, LIBANE.

LVCRECE.

QV'à-t'on à contester, & que viens-je d'entendre ?
Mais que veut cét Esclaue? & que peut-il attẽdre?

LIVIE.

Il cache.

CORNELIE.

Taisez-vous, & gardez de parler,
Icy pour son repos on doit dissimuler.

LIVIE.

Il cache des secrets qui vous touchent sans doute,
Collatin, qu'il acheue.

LVCRECE.

Acheue, l'on t'escoute.

F ij

Ne diſſimule rien, fay nous vn vray rapport,
Quand cette verité deuroit eſtre ma mort.

LIBANE.

Ne vous figurez point de malheureux auſpices,
Collatin en repos nage dans les delices,
Mais ne me forcez point à vous faire vn rapport,
Qui ne vous peut ſeruir & qui me fera tort.

LVCRECE.

Ie ne comprens icy qu'vn excez d'artifices,
Collatin en repos nage dans les delices !
Croiray-je en cét endroit ces penſers eſpineux
Que verſe en mon eſprit vn amour ſoupçonneux?
Parle moy, ne crains rien.

LIBANE.

Le voulez-vous, Madame,
Collatin vous trahit, vous prefere vne infame,
Et malgré les ſaints nœuds d'hymen & du deuoir,
Il luy donne le cœur que vous croyez auoir.

VCRECE.

Songe à ce que tu dis, connoy-tu l'impudique,
Qui trame auecques luy cette infame pratique?

LIBANE.

Non, Madame,

LVCRECE.

Sçais-tu les endroits infectez,
Où ce cœur aueuglé cherche des voluptez ?

LIBANE.

Non Madame.

LVCRECE.

Et tu sçais ce qu'il cache dans l'ame!
Quels Dieux ou quels demons te descouurent sa
flame ?

LIBANE.

Le blasme, dont Tarquin le charge tous les jours,
Ne m'a que trop appris ses honteuses amours.
Encore hier au soir mon Roy, qui vous estime,
Par ce juste discours luy reprochoit son crime;
Ayant chez vous des biés & vrays & sans deffauts,
Deuez-vous autre part en poursuiure de faux ?
Cét impudique objet qui desrobe à Lucrece
Ce que vous luy deuez d'amour & de tendresse,
Cét œil, qui vous enchante, a-il plus de beauté
Que le pourtrait viuant d'vne Diuinité ?
Ainsi parla Tarquin, mais ces justes paroles

Auprés de voſtre eſpoux paſſerent pour friuoles;
Et pour luy ce diſcours ſans force & ſans appas
Eſt vn vent qui le touche, & qui ne l'eſmeut pas.
L'Hymen n'eſt rien, dit-il, qu'vne chaiſne trop dure,
Que la police a faite, & non pas la nature.
C'eſt vn joug aſſez rude & plein de paſſions,
Sans le rendre plus dur par nos ſubjetions.
Les Dieux plus forts que nꝰ ne le portēt qu'à peine,
Ses liens ſont pour eux vne eſpece de geine,
Et pour les rendre auſſi plus doux & plus legers,
Ils cherchent comme moy des plaiſirs eſtrangers.

LVCRECE.

Quel exçez de blaſpheme, & d'extréme artifice,
De faire de nos Dieux les excuſes du vice!

LIBANE.

Ce n'eſt pas tout, Madame, aprés mille diſcours
Dont Collatin noircit la gloire de ſes jours,
Lucrece, acheua-il, n'eſt pas ſeule charmante,
Elle eſt bonne pour femme, & l'autre pour amante,
Mais en cette derniere on admire des traits,
Que l'art n'a point dōnez aux plus rares pourtraits.
Si vous voulez, dit-il, viſiter l'vne & l'autre,
Bien toſt mon jugement ſera ſuiuy du voſtre,
Et vous confeſſerez, d'vn langage amoureux,

Que les pechez, sont beaux qui nous rendēt heureux.
On resout außi-tost cét indigne voyage,
Ou plutost on resout de vous faire vn outrage;
Ainsi sont-ils venus, ainsi sont-ils paßez,
Ou le vice est charmant aux esprits insensez,
Ou pour comble d'horreur on ne vous considere
Que pour vous comparer auec vne adultère.
Pour moy prenant loing d'eux vn sentier inconnu,
I'ay cru suiure leurs pas & ie suis reuenu.

LVCRECE.

Si bien que cette lache , & honteuse pratique
Tend à me comparer auec cette impudique.
Qu'il cherche ses plaisirs sous vn astre plus doux,
Il se faut consoler, l'innocence est pour nous.
En ce poinct seulement ie puis me satisfaire,
Qu'au moins mes actions l'obligent au contraire.
Retire toy, Libane, assuré desormais,
Que ce triste rapport ne te nuira jamais,

SCENE IV.

LIVIE, LVCRECE, CORNELIE.

LIVIE.

Donc auprés de ce feu vous paroiſtrez de glace?
Et n'oppoſerez rien au coup qui vous menace!

LVCRECE.

Que veux tu que ie faſſe en vne extremité,
Ou ie n'ay rien pour moy que ma fidelité?
Foible & triſte vertu contre vne ame brutale,
Qui n'ayme à ſon malheur qu'vne beauté fatale!
Veux-tu que par mes pleurs i'aille trop lâchement,
Oppoſer à ces feux vn vain empeſchement?
Ou que moy meſne encor plus foile & plus bleſſee,
I'agiſſe par raiſon ſur vne ame inſenſee?
Helas que la raiſon peut-elle profiter,
Quand l'eſprit enchanté ne peut plus l'eſcouter?
Veux tu que ie me plaigne, & que par mes murmures
Ie faſſe a Collatin d'eternelles iniures?
Songe qu'en vn malheur, & ſi grand & ſi craint,

On

On irrite toujours celuy dont on se plaint,
Et qu'il est difficile au plus noble merite
D'arrester de l'amour dans les cœurs qu'on irrite.
La plainte la plus iuste a cela de fatal,
Qu'elle acheue d'esteindre vn amour conjugal;
Elle endurcit au mal vn cœur opiniatre,
Le rend de son peché beaucoup plus idolatre,
Et chasse incessamment le repos souhaitté,
Qu'vn silence discret eust sans doute arresté.

CORNELIE.

Vous deuez, aprés tout vous tenir assurée,
Qu'vne impudique amour n'est iamais de durée.

LIVIE.

Mais elle est comparable aux foudres esclattans,
Par qui de grands malheurs viennent en peu de tēps.
Durant voftre silence vne amour de la sorte
Peut croistre insolemment, peut deuenir plus forte,
Et porter vn esprit jusqu'aux derniers transports,
Qui troublent de l'Hymen les plus nobles accords.
Quelle force n'a point la beauté criminelle
Sur l'esprit aueuglé qui se perd auprés d'elle!
Qu'elle veuille le cœur qui vous bat dans le sein,
On verra reüssir cét iniuste dessein;
Qu'elle veuille le lict où l'Hymen vous a mise,

G

Bientoſt en voſtre rang nous la verrons aſſiſe;
Et pour couurir enfin de ſi honteux malheurs
On ne manquera point de trompeuſes couleurs.
Mais ie veux que ce mal moins fort que ie ne penſe
Ne ſe puiſſe éleuer juſqu'à cette inſolence,
Serez vous en repos tandis que voſtre eſpoux
Pour vne autre bruſlant s'eſloignera de vous ?
Soit qu'il vole aux endroits où le Senat l'engage,
Soit qu'vne juſte guerre occupe ſon courage,
Voſtre eſprit tourmenté croira toujours le voir,
Où le porte aujourd'huy l'oubly de ſon deuoir.
Vn Vautour immortel deuorera voſtre ame,
Voſtre amour ne ſera qu'vne jalouſe flame,
Et vous laiſſant aller à l'excez de l'ennuy,
Vous porterez le mal de la faute d'autruy:
Où peut eſtre qu'alors vous aurez ce ſupplice,
Pour auoir trop long-temps diſſimulé le vice.

CORNELIE.

Madame penſez-y, l'on peut tout doucement
Apporter vn remede à cét aueuglement;
Vne plainte amoureuſe, & toutesfois ſecrette,
Vn tendre ſentiment d'vne amitié diſcrette,
Quelques pleurs à propos deuant luy répandus
Vous rendront tous les biens que vous croyez perdus.
On irrite vn mary lors que la plainte eſclatte,

Mais la plainte secrette est vn son qui le flatte,
Et qui montre bien-tost que par des traits si doux
Vne femme peut tout sur le cœur d'vn espoux.

LIVIE.

Croyez croyez, Madame, vn conseil salutaire,
Et ne vous nuisez pas à force de vous taire;
L'homme est assez suiet à fausser ses sermens,
Sans l'y porter encor par nos deguisemens.

LVCRECE.

Rendray-je contre moy ma tristesse plus forte ?
Me firay-je aux discours qu'vn esclaue rapporte,
Et que trop d'apparence a deu rendre douteux
Sur le fascheux recit d'vn secret si honteux ?
Aujourd'huy que la guerre aux Romains si cruelle
A rendu toute chose effroyable comme elle,
Collatin ennemy de toutes lâchetez,
Peut-il hors de l'hōneur trouuer quelques beautez ?
De son propre renom ne faisant plus de conte,
Lui qui cherche la gloire il poursuiuroit la honte !
Et donneroit son temps à des feux insensez,
Luy qui pour son honneur n'en eut jamais assez.
Non ne luy faisons pas vn tort si manifeste,
Son courage dément ce messager funeste,
Ie deuois le bannir au poinct qu'il a paru,

G ij

Et i'ay commis vn crime alors que ie l'ay cru.
Mais supposons icy que Collatin languisse
Dans les enchantemens de l'amour & du vice,
Si Tarquin l'en blasma, ce ne fut qu'en secret,
Ainsi l'on est repris par vn amy discret,
Et dans vne censure, & si juste & si graue,
On n'auroit pas souffert l'oreille d'vn esclaue.
Quelque mauuais dessein sans doute le conduit
En toutes lâchetez vn esclaue est instruit,
Et ie juge apres tout qu'il m'est plus honnorable
De le croire imposteur que Collatin coupable.
Allez & le pressez sur cét euenement,
Vn esprit criminel se confond aysément.

LIVIE.

Nous vous obeirons.

LVCRECE seule.

Dieux qui voyez mes peines,
Mettez ce que ie crains au rang des choses vaines,
Ou si l'on m'a fait voir de veritables maux,
Faites pour m'alleger qu'ils me paroissent faux.
Helas pour vaincre vn mal que ie rendrois extréme,
Icy ie dois ayder à me tromper moy-mesme.
Ie dois. Que voulez-vous ?

LIVIE.

Tarquin reuient icy.

LVCRECE.

Quoy, seul, sans Collatin?

LIVIE.

Tout seul, mais le voicy.

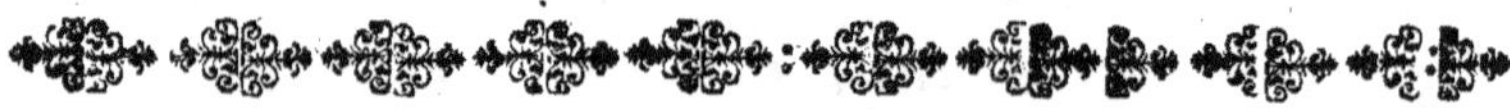

SCENE CINQVIEME.

LVCRECE, TARQVIN.

LVCRECE.

IE vous croyois au camp.

TARQVIN.

I'y suis peu necessaire,
Qui pourroit faire vn Chef que l'õ vient de défaire?

LVCRECE.

Que l'on vient de défaire ? Ha qu'aura mon espoux,
Si d'vn sort si cruel vous ressentez les coups?

Lucre
pensar
se retir
rencor
tre Ta
quin
front.

TARQVIN.

Ne plaignez point vn mal qui peut auoir de l'ayde,
Et dont voſtre faueur peut eſtre le remede.
Cette deffaite eſt grande, & m'oblige aux ſouſpirs,
Mais ſi vous le voulez, elle aura ſes plaiſirs;
De ceux qui ſont vaincus elle ſera la gloire,
Et ie l'eſtimeray bien plus qu'vne victoire,
Ie ſeray de mes fers eſclaue ambitieux,
Et de mes ſeuls vainqueurs ie me feray des Dieux.

LVCRECE.

Pardonnez-moy, Seigneur, ſi mon ame eſgarée
Ne trouue point icy de reſponſe aſſurée,
Ie tremble de l'effroy que vous m'auez donné,
Et tout paroiſt obſcur à l'eſprit eſtonné.

TARQVIN.

S'il faut plus clairement vous rendre icy les armes,
Cette aymable défaite eſt vn coup de vos charmes.
Vous voyez le vaincu deſ-ja dans les langueurs,
Regardez vos attraits, vous verrez les vainqueurs.

LVCRECE.

Que vous m'eſtimez fort de me croire capable
D'eſcouter vn amour qui me rendroit coupable?

Ha Seigneur en vn mot, regardez qui je suis.
Et n'aymant que l'honneur, iugez ce que ie puis.

TARQVIN.

Vous pouuez surmonter cette vieille chimere,
Ce tyran des douceurs, ce fantosme seuere,
Qui toujours rigoureux a soy mesme refuant
Nourrit d'opinions son corps qui n'est que vent.
N'vsez pas contre vous d'vn pouuoir tyrannique,
Pour aymer vne fois on n'est pas impudique,
Diane ayma jadis vn Berger glorieux,
Et n'en a pas perdu ses titres specieux.
Mais s'il m'estoit permis de parler dauantage.

LVCRECE.

Iusqu'à l'extremité vous porteriez l'outrage.
Qu'vn infidelle espoux trahisse son deuoir,
Ie suis peu curieuse, & n'en veux rien sçauoir.
Non, non, ne pensez pas qu'à son funeste exemple
De la fidelité ie prophane le Temple.
Lors qu'on suit du peché les dangereux appas,
Les exemples d'autruy ne nous excusent pas.
Et quand mesme l'honneur y pourroit condescendre
Mon inclination me le viendroit défendre.
Si l'on void autre part Collatin attaché,
Mes imperfections excusent son peché.

Ie blaſme mes defauts beaucoup plus que luy-meſme,
Puis qu'ils ſont les tyrans qui m'oſtet ce que j'ayme.
Mais les reconnoiſſant ie les corrigeray,
Et peut eſtre qu'ainſi ie le r'appelleray;
Ou ſi de mon repos le deſtin auerſaire
Ne payoit mon trauail que d'vn ſuccez contraire,
Au moins j'auray ce bien pour remede à mes maux,
Que j'auray par mes ſoings corrigé mes defauts.

TARQVIN.

O vertu ſans exemple ! ha Collatin barbare,
Indigne poſſeſſeur d'vne femme ſi rare !
Peux-tu trouuer ailleurs quelque ſubjet charmant,
Si l'on void des beautez en ce lieu ſeulement ?
    Si de meſme qu'vn Dieu ie vous crois adorable,
D'vne infidelité vous croiray-je capable ?
Ie n'ay feint cette amour que pour le contenter,
Luy qui de vos vertus voudroit meſme douter,
Et qui ne peut ſouffrir qu'on blaſme vne Maiſtreſſe,
Qu'il oze iniuſtement comparer à Lucrece.

LVCRECE.

Vous ſçauez donc les lieux qui le charment ainſi.

TARQVIN.

Ouy, mais diſpenſez-moy de les nommer icy.

LVCRECE.

LVCRECE.

Il me feroit honteux de connoiſtre vne infame,
Mais enfin reuient-il?

TARQVIN.

Libane
doit en-
trer.

Il me ſuiuoit, Madame,
Il ne peut eſtre loing: mais il eſt deſia tard,
Enuoyez au deuant, ie crains quelque hazard.

LVCRECE.

Par quel chemin?

TARQVIN.

De Rome, & n'eſpargnez perſonne,
Il deuroit eſtre icy, cela certes m'eſtonne.
Ne perdés point de temps, il ne faut qu'vn moment
Pour faire ou diſsiper vn triſte éuenement.
Bien que juſqu'au peché ſa foibleſſe l'entraiſne,
Il ſeroit trop puny s'il auoit voſtre hayne;
Il ſe repentira de ſa brutalité,
On ſe laſſe bien toſt d'vne infame beauté,
Et par le repentir qu'il aura de ſon crime,
Vous verrez augmenter ſon amour legitime.
Le Ciel touche bien toſt vn cœur voluptueux,
Et le remords d'vn crime a fait des vertueux.

H

Mais enuoyez aprés, icy tout est à craindre,
Faites par vostre soing que rien n'y soit à plaindre.
Allez, & permettez que i'escriue deux mots,
Cette ancre & ce papier s'offrent tout à propos,

SCENE SIXIESME.

TARQVIN, LIBANE.

TARQVIN.

*A*Insi j'ay deu me rendre à moy-mesme contraire,
Pour oster le soupçon du coup que ie veux faire,
Mais selon mes desseins as-tu fait à ses yeux,
D'vn espoux innocent vn pourtrait odieux?

LIBANE.

I'ay selon vos desirs fait valloir cette feinte,
Lucrece en est blessée, ou pour le moins atteinte,
Son visage fait voir vn esprit combattu,
Et nous auons au moins esbranlé sa vertu.
La hayne à son espoux l'a des-ja desrobée,
Et la vertu qui bransle est à demy tombée;
Allez donc acheuer ce que i'ay commencé,
Et n'abandonnez pas vn ouurage auancé.

TARQVIN.

Nous attaquons en vain cette beauté supresme,
C'est vn fort imprenable & gardé par soy-mesme.
Elle est belle, elle est chaste, & par de saints efforts
La beauté de l'esprit deffend celle du corps.
C'est icy qu'on la void comme vne autre Diane,
Faire vne heureuse guerre à tout objet prophane,
C'est icy que son sexe & sans peine, & sans fin,
Apprend par son exemple à se rendre diuin.
Mais c'est en cét endroit où la force & la ruse
Me feront obtenir ce qu'elle me refuse.
Libane, ie n'ay feint que Collatin me suit,
Que pour passer icy le reste de la nuict.
Et ie n'ay feint encor que le danger le presse,
Que pour faire sortir tous les gens de Lucrece,
Et destourner ainsi tous les empeschemens
Qui pourroient s'opposer à mes contentemens.
Enfin pour l'acquerir mettons tout en vsage,
Ne laissons rien d'exempt de meurtre & de carnage,
Attachons en tous lieux l'image de l'horreur,
Au lieu d'vn vain amour monstrons de la fureur,
La vertu d'vne femme est aysement contrainte,
Si ce n'est par foiblesse, elle cede par crainte,
Et le monde abusé n'a point de chastetez,
Dont ne viennent à bout ces deux infirmitez.

H ij

En vain chaste beauté, tu parois inhumaine,
Tu sçauras ce que peut vne main souueraine,
On ne doit refuser aucune liberté,
A qui peut tout auoir de son autorité.

ACTE IIII.
SCENE PREMIERE.
LVCRECE, LIVIE, CORNELIE,

LVCRECE.

A Lors qu'il diſſimule & qu'il feint de la ſorte,
Il cache d'vne main le feu que l'autre porte;
Et pour dire à quel poinct mon cœur en eſt geſné,
Tarquin n'eſt à mes yeux qu'vn ſerpent couronne.

LIVIE.

Que vous noꝰ eſtõnez! ô Dieux! qui pourroit croire,
Que Tarquin ſans reſpect attaquaſt voſtre gloire?
Et qui ſous vne langue où le miel eſt ſemé,
Cachent pour noſtre honte vn cœur enuenimé

H iij

LVCRECE.

Mais demandez plutost qui pourroit en douter,
S'il est vray qu'vn brutal ne sçait rien respecter.
Non, non, ne doutez plus de ces noires pratiques,
D'où l'on a veu sortir tant d'accidens tragiques,
Vous auez, dites-vous, l'Esclaue interrogé,
Iusqu'à se dementir vous l'auez engagé,
Vos longues questions l'ont mis à la torture,
Et descouuert enfin quelque ombre d'imposture.

LIVIE.

Mais pour auoir trouué cét Esclaue imposteur,
En deuez-vous juger le Maistre seducteur?

LVCRECE.

Aprés les lâchetez que Tarquin me propose,
Ie le connoitray mal, si i'en iuge autre chose.
Tous deux au mesme crime ont part diuersement,
L'vn en est l'inuenteur, l'autre en est l'instrument,
Et conspirant tous deux la mesme violence,
Le Maistre a fait le trait, & l'Esclaue le lance.
Ainsi l'on me veut rendre vn espoux odieux,
Pour tirer d'vn diuorce vn gain pernicieux.
Ruse trop ordinaire à ces esprits funestes,
Qui sont de nostre honneur les plus mortelles pestes;

Tyrans de la vertu, noires sources de crimes,
Secrets persecuteurs des couches legitimes,
Qui liurez, à l'honneur vn combat eternel,
Et de qui le triomphe est tousiours criminel,
N'attendez point de fruict de ce lâche artifice,
Lucrece porte vne ame à l'espreuue du vice;
Et contre toute ruse, & contre tout effort,
Vn cœur vrayment fidelle est tousiours assez fort.
Quelques subtilitez que vous faßiez paroistre,
Vous ne pouuez gaigner que celle qui veut l'estre;
Et vous luy jetteriez d'inutiles appas,
Si son propre desir ne vous la donnoit pas.
Si la femme est fragile, elle l'est par sa fauté,
Le bien qu'elle a du Ciel, elle mesme se l'oste,
Et l'on ne trouue point cette fragilité,
Où l'on veut conseruer de la fidelité.
Mais que doy-je opposer à cét outrage extréme,
Collatin le sçaura.

CORNELIE.

Quoy? que Tarquin vous ayme;
Pensez à ce dessein, & qu'il est perilleux
De donner des soupçons aux esprits orgueilleux,
Lors qu'on attaque ainsi la vertu d'vne femme,

Elle doit d'elle-mesme estouffer cette flame,
Et n'en peut auertir vn mary genereux,
Sans exciter vn feu beaucoup plus dangereux;
Des maux imaginez, des craintes domestiques,
Ont souuent excité des tempestes publiques;
Et d'vn si lâche outrage vn grand cœur irrité,
En vange les soupçons comme la verité;
Il ne respecte alors ny grandeur ny couronne,
Il laisse aller ses mains où sa colere donne,
Sa fureur le conduit jusqu'à son monument,
Et pourueu qu'il se vange, il se perd librement.

LIVIE.

L'homme sage auerty par vne femme honneste,
Auecques moins de bruit destourne la tempeste,
Et ne peut s'emporter jusqu'où vous l'auez mis.
Sans blesser son honneur plus que ses ennemis.
Si malgré les efforts qu'opposeroit Madame,
L'iniurieux Tarquin laissoit croistre sa flame,
Voulez vous que partout où sa vertu reluit,
Elle ayt aupres de soy le serpent qu'elle fuit?
Tarquin peut-il aymer de si diuins merites,
Sans leur rendre aussi-tost d'eternelles visites,
Et de l'humeur qu'il est, nous peut-il visiter,
Qu'il ne donne bien-tost vn subjet de douter?
La femme la plus sage est subjette au murmure,

Alors

Alors qu'on la pourfuit, on croit qu'elle l'endure,
Et fi d'vn monde entier on fuit les jugemens,
Tous fes perfecuteurs paffent pour fes Amans.
Penfez donc à ce mal, la médifance eft prompte,
Et bientoft ce demon trauaille à noftre honte.
Cependant par ce bruit qui croift & va toufiours,
Vn mary peut fçauoir ces fatales amours.
Que croira-il alors d'vne femme fidelle,
Si cét infame bruit l'en inftruit plutoft qu'elle ?
Comment traitera-il vne illuftre vertu,
Qui toufiours triomphante a le vice abbatu ?
C'eft alors qu'il croira fes feules fantaifies,
Que fon bras furieux fuiura fes frenefies,
Et que d'vn fi grand coup fon courage irrité,
Vangera le foupçon comme la verité.

LVCRECE.

Quel confeil prendrons-nous pour le plus falutaire,
Si pour nous l'vn & l'autre eft vn bien neceffaire ?
Que mon efprit confus & fouspirant prés d'eux,
Ne voit-il vn chemin pour les fuiure tous deux ?
Mais la nuit eft def-ja fi forte & fi profonde,
Qu'elle donne au fommeil les yeux de tout le monde.
Allez voir de ce pas fi mes gens de retour
Ont battu les chemins & les lieux d'alentour,
Sçachez s'ils ont trouué le bon-heur que i'efpere,

I

Et laiſſez moy reſuer ſur ce que ie dois faire.

CORNELIE.

Pour vos contentemens, nous n'epargnerons rien.

LVCRECE ſeule.

Se peut-il voir vn cœur plus geyné que le mien ?
Si Collatin ne vient & ſi Tarquin me reſte,
Quel ſens peut receuoir vn ſejour ſi funeſte ?
Helas ! le ſeul abord d'vn eſprit vicieux
Eſt aux plus innocens vn mal contagieux.
Il n'eſt rien de ſi ſaint, il n'eſt point d'innocence,
Qui puiſſe ſans ſoupçon endurer ſa preſence,
Elle porte par tout la honte ou le treſpas,
Et tache au moins les lieux qu'elle n'infecte pas.

SCENE DEVXIESME.

TARQVIN auec ſon Eſclaue, LVCRECE.

TARQVIN,

NE dites rien, Madame.

LVCRECE.

Ha ! quelle eſt voſtre enuie.

TARQVIN.

Ne dites rien, vn mot vous cousteroit la vie.
Et quiconque viendra m'opposer son effort,
Ne viendra seulement que pour voir vostre mort.

LVCRECE.

O Dieux !

TARQVIN.

Chassez d'icy la peur qui vous deuore,
Deuez vous redouter celuy qui vous adore?
C'est Tarquin qui vous ayme, & qui n'est bien-
    heureux,
Que par l'aimable trait qui le rend amonreux.

LVCRECE.

Quel amour! qui vo᷎ perd, qui ne těd qu'à ma peine,
Et qui se monstre icy par des marques de hayne.
Ha Seigneur! ostez moy du haut rang ou ie suis,
Changez cette maison en vn gouffre d'ennuis
Et reduisez mon sort à ce malheur extresme,
Qu'il fasse de l'horreur à la misere mesme.
Tous ces maux assěblez, choquět moins mon bõheur,
Que les moindres assauts qu'on liure à mon bonneur.

TARQVIN.

Ne vous abusez plus, ne croyez plus aux fables,

I ij

L'honneur n'est qu'vn faux Dieu qui fait des mi-
        serables ;
A sçauoir icy bas secrettement aymer,
Consiste la vertu que l'on doit estimer;
Par elle on est heureux, & ses doux artifices
Auec vn beau renom accordent les delices.
Si ce qu'on void de beau sur la face des Cieux,
Si tout ce que la terre a de plus precieux,
Bref si tous les attraits, dont l'Vniuers abonde,
Par le vouloir des Dieux sõt faits pour tout le mõde;
Suiuant l'ordre prescrit & destiné par eux,
Souffrez que pour le moins Lucrece soit à deux.

LVCRECE.

Moy que ie sois à deux! par quelles apparences,
Ay-je pû vous donner ces vaines esperances?
Par quelles actions, par quel indigne effet
Ay-je pû meriter l'outrage qu'on me fait?
Moy que ie sois à deux! & que sans violence
I'escoute plus long-temps vn discours qui m'offence!
Ha Seigneur, pardonnez à mon ressentiment,
Qui prend pour mon tyran quiconque est mon amãt.
Ie mourray bien plutost qu'vne amour inhumaine
Fasse d'vne Lucrece vne impudique Helene.

TARQVIN.

Il luy
presente
le poi-
gnard.

Ha c'est trop mespriser & ma flame & mon rang,

Ou i'auray voſtre amour, ou j'auray voſtre ſang;
Ce poignard m'ouurira ce cœur touſiours auſtere!
Que ferme à mon amour l'amour d'vne chimere.

LVCRECE.

Percez, percez ce cœur, & me priuez du jour,
Ie crains moins ce poignard qu'vne impudiqᵉ amour,
Ie feray ſi l'on veut ce coup illegitime,
Et ma main à la voſtre eſpargnera ce crime;
I'iray pour mon honneur au deuant du treſpas,
La mort finit nos jours, & ne les ternit pas;
Et quelque opinion qui vous en faſſe accroire,
Ie ne fuiray jámais ce qui ſauue ma gloire.
Alors qu'il faut deffendre vn renom glorieux,
Qui ne perd que ſon ſang reſte victorieux.

TARQVIN.

Mourez, voyla de quoy; mais gardez vous de croire,
Que cette prompte mort ſauuera voſtre gloire;
Ie turay cét Eſclaue auprés de voſtre corps,
Deſſus vn meſme lit on vous trouuera morts;
Et puis ie publiray de celle qui me braue,
Que l'amour la rendit eſclaue d'vn eſclaue;
Ie diray que Lucrece en fit ſon fauory,
Qu'elle luy prodigua les treſors d'vn mary,
Et qu'enfin ce poignard par vn coup exemplaire

I iij

A noyé dans son sang l'vn & l'autre adultere.
Ainsi ce vain honneur qui vous semble si beau,
En mesme-temps que vous ira dans le tombeau;
Ainsi l'affreuse mort qu'on attend à son ayde,
Doit estre son poison, plutost que son remede.
Vous croyez qu'elle serue à vous faire adorer,
Et ce n'est qu'vn secret à vous deshonnorer.
Si vous sortez du mõde & pudique, & sans blasme,
Dans l'esprit des Romains vous demeurez infame;
Et si l'opinion fait la honte ou l'honneur,
Iugez de vostre gloire, & de vostre bonheur.

LVCRECE.

O cruauté nouuelle! ô violence extresme,
Qui se sert de l'honneur pour perdre l'hõneur mesme.
Mais precipitons nous puis que c'est la mon sort,
Et donnons pour le moins des tesmoins à ma mort.

TARQVIN.

Libane allons aprés, sauuons cette insensée,
Qu'vn si prompt desespoir à viuement blessée.

SCENE TROISIEME

LIVIE, PROCVLE, CORNELIE.

LIVIE.

MAis i'entends quelque bruit.

CORNELIE.

Ie l'entends comme vous.

LIVIE.

N'eſt-ce point Collatin qui reuient apres nous.

PROCVLE.

Ce ne peut eſtre luy que vous venez d'entendre;
Nous l'auõs tãt cherché qu'on ne doit plus l'attẽdre,
Nous n'auons eſpargné ny peines ny trauaux,
Iuſqu'aux portes de Rome on a veu nos cheuaux,
Cette profonde nuit ſur nos pas auancée,
N'a point d'obſcurité que nous n'ayons percée;
Et pour le rencontrer & ne le faillir pas,
On la plus appellé que l'on n'a fait de pas.

LIVIE.

Ha que cette nouuelle eſtonnera Lucrece,
Et qu'elle augmentera le ſoucy qui la preſſe!
Qu'elle ſe va former de vains ſubjets de pleurs,
Et que de ſia ſes ſoings me donnent de douleurs!
La crainte ne peut rien ſur vne ame ſi belle,
Dans les auerſitez qui ne regardent qu'elle;
Mais ce grand cœur ſuccombe & tremble cõme nous,
Lors que le moindre mal regarde ſon eſpoux.

CORNELIE.

Mais auez vous tenu les chemins qu'il doit prēdre.

PROCVLE.

Nous en auons plus fait que l'on n'en peut cōprendre,
Il n'eſt point de deſtour, de maiſon, ny de bois,
Ou n'ait eſté mon œil de meſme que ma voix,
Et ſi ſelon nos vœux le Ciel ne le r'amene,
En vain l'on emploira la diligence humaine.

CORNELIE.

Tarquin a dit pourtant qu'il eſtoit prés d'icy.

LIVIE.

Tout cela m'eſpouuente, & me met en ſoucy.
Faites ſi vous voulez vn ſi triſte meſſage.

CORNELIE.

Il reuiendra ſans doute, attendons dauantage.

LIVIE.

Mais qu'enten-je, bons Dieux ! c'eſt Tarquin qui
*   s'en fuit,*
Et le poignard en main Lucrece qui le ſuit.

SCENE

SCENE CINQVIESME

LVCRECE, LIVIE CORNELIE.

LVCRECE.

MOnstre sorty d'enfer, acheue ta victoire,
Triomphe de ma vie ainsi que de ma gloire;
Qui laisse respirer vn puissant ennemy,
Quoy qu'il l'ait ruiné n'a vaincu qu'à demy.
Vsurpateur des biens que l'honneur te refuse,
Ferme auec ce poignard la bouche qui t'accuse,
Viens perdre ton tesmoing, & le mets au tombeau,
Ton salut ne despend que d'vn crime nouueau.
Cette nuit si feconde en accidens funebres,
Pour couurir tant de maux fournira ses tenebres.

LIVIE.

Madame, qu'auez-vous ? mais elle n'entend pas,
Et la fureur emporte & son sens & ses pas.

LVCRECE.

Ne m'interrogez point, la rage me surmonte,
Et ie ne puis parler si ce n'est à ma honte.

K

CORNELIE.

Que deuons nous iuger à l'entendre, à la voir?
Et d'où vient ce transport qui tient du desespoir?
Madame! helas ma sœur, ses souspirs & ses gestes,
Sont de quelque grand mal les signes manifestes.

LVCRECE.

Mais c'est trop lachement s'amuser à des pleurs,
Qui monstrent ma foiblesse autant que mes douleurs.
Cherchons à nous vanger, ce n'est qu'en la vengeance,
Qu'vn mal comme le mien toruue de l'allegeance.
Mais où doy-je trouuer vn vangeur assez fort?
Qui puisse à mon secours consacrer son effort?
Si ie vay chez le Roy demander la iustice,
Que doit vn iuste Prince au chastiment du vice,
Là comme en vn sejour de desordres nouueaux,
Au lieu de mes vangeurs ie trouue mes bourreaux.
O Dieux qui presidez aux iugemens des crimes,
Sacrez distributeurs des peines legitimes,
Ouurez, Dieux de l'enfer, vos gouffres esclattans,
Et faites-en sortir les vangeurs que i'attends.
Mais helas! c'est en vain que ma foible innocence,
Appelle à son secours l'enfer & sa puissance,
Luy qui sçait tousiours nuire & jamais contenter,
Puniroit-il vn mal qu'il voulut inuenter?
Plus vainement encor, mes souspirs & mes larmes,

Imploreroient du Ciel les foudroiantes armes,
Qui souftiendroit ma caufe en ce fiecle defer,
Si le Ciel a permis ce qu'inuenta l'enfer?
De l'ancre, du papier & qu'on me laiffe efcrire.
O mort tire des fers mon ame qui fouspire,
Quelle autre deïté me pourroit foulager,
Si ie voy contre moy ce qui doit me vanger.

LIVIE.

Tout eft preft.

LVCRECE.

Sortez donc jufqu'à ce que j'appelle.

SCENE SIXIESME.

LVCRECE feule.

MAis à qui veux-je efcrire, & pour quelle nou-
uelle ?
Helas ce feul penfer refueille ma fureur,
Et me rend à moy-mefme vne caufe d'horreur.
Traceray-je moy-mefme vn pourtrait effroyable,
Où l'on ne me peut voir que comme vne coupable.
Non, non cours à la mort ainfi qu'à ton bonheur,
Il faut perdre la vie auffi-toft que l'honneur.
Ce poignard deftiné pour vn coup fanguinaire,

K ij

Eſt le plus beau preſent qu'vn Tyran puiſſe faire,
Et parmy tant de maux, dont mon cœur eſt preſſé,
C'eſt auſſi le ſeul bien qu'vn Tyran m'a laiſſé:
Meurs donc & n'attends pas que l'ennuy te conſume,
Vn funeſte poignard te ſied mieux qu'vne plume,
Et ce cœur auſſi pur qu'il eſt infortuné,
Ne peut plus demeurer dans vn lieu prophané.
Mais quel triſte penſers s'oppoſe à cette enuie,
Qui me fait pour mon bien attenter ſur ma vie?
Si d'vn coup genereux ie borne icy le cours,
Que le deſtin voulut accorder à mes jours,
Helas! par cette mort, qui paroit honnorable,
Ie fay croire par tout que ie me ſens coupable,
Et qu'à l'horreur d'vn crime indigne du tombeau,
Le remords fut mon iuge, & ma main mon bourreau,
Si Lucrece fut chaſte & non pas criminelle,
Pourquoy donc, dira-on, Lucrece mourut-elle?
Si ſes jours furent beaux, ſon treſpas les ternit,
Se crût-elle innocente, elle qui ſe punit?
Qu'à mon ſort odieux de miſere s'attache,
Ce qui doit me lauer eſt tout ce qui me tache,
Ie regarde la mort comme vn ſoulagement,
Et ne puis l'embraſſer que comme vn chaſtiment,
Mourrõs nous, viurõs nous, mais auſſi puis-je viure
Qu'vn bruit auſſi ſanglant ne me vienne pourſuiure,
Et que l'opinion d'vn crime plus preſſant

Ne traite en criminel mon renom innocent ?
Si ie vis plus long-temps ne feray-je pas croire
Que pour me conseruer i'abandonnay ma gloire,
Et que ce cœur infame, & digne de son sort
A moins aymé l'honneur que redouté la mort ?
Helas, de quels malheurs est ma gloire suiuie !
Ie la perds par ma mort, ie la perds par ma vie,
Et sans auoir failly ie ne puis seulement,
Ny viure auec honneur ny mourir noblement.
Où me reduira donc la fortune ennemie,
Si ie treuue partout vne esgalle infamie ?
Mais c'est trop consulter, escris à Collatin,
Et de tes propres mains acheue ton destin.
Meurs non pour tesmoigner que tu te sens coupable,
Mais pour rendre aux Romains Tarquin plus
     detestable.
Meurs, non pour faire voir l'horreur de ton peché,
Et qu'à l'amour des sens ton cœur fut attaché,
Mais meurs, pour tesmoigner par vn coup qui te laue,
Que qui s'en peut priuer n'en fut jamais esclaue ;
Quiconque s'est priué des sens & des plaisirs,
Et pour l'vn & pour l'autre eust de foibles desirs.

K iij

ACTE V.

SCENE PREMIERE.

COLLATIN, LE PERE, BRVTE.

COLLATIN.

Brute ne tardons point, mais i'apperçoy on pere,
Que peut-il voiricy, qui ne le defefper?

LE PERE.

Ne t'informe de rien, il ne faut que les voir,
Leur trifteffe m'apprend ce que ie veux fçauoir.

COLLATIN.

Helas, qui vous ameine en ce lieu miferable,
Où l'on ne peut rien voir qui ne foit déplorable?
Quel Dieu vous a côduit, quel Dieu vous fait paffer,

Où fans l'auoir fenty l'on vient de vous bleffer?

LE PERE.

Nous nous plaignons tous deux d'vne mefme bleffure,
Lucrece par ce mot m'apprend cette auanture,
L'excez de fon malheur attire icy mes pas,
Et m'ouure en mefme temps le chemin du treſpas.

COLLATIN.

Et cette lettre auſſi, trifte don qui vient d'elle,
M'apprend auec horreur cette eftrange nouuelle,
Et me fait redouer qu'vn tragique deſſein.
N'arme contre fon cœur fon courage & fa main.
Contente ma derniere enuie,
Hafte toy, viens plaindre mon fort;
Ne pouuant plus loüer ma vie
Viens pour le moins loüer ma mort.

LE PERE.

Helas!

BRVTE.

Mais pour le moins deftournons cèt orage,
Que deffus elle mefme attire fon courage.
Entrez, ne tardez plus.

SCENE DERNIERE·
LIVIE, COLLATIN, LVCRECE,
LE PERE, BRVTE.

LIVIE.

MAdame les voicy.
Que le sort est cruel qui les conduit icy!

COLLATIN.

Quelle face d'horreur ont icy toutes choses!

LVCRECE.

Icy tout est horrible & semblable à ses causes.
Icy tout est en dueil, seroit-on autrement,
Où l'honneur deplorable est dans le monument?
Icy tout est sans biens, icy tout est funeste,
Où l'honneur est perdu, quels biens a-on de reste?
D'vn si riche tresor Tarquin est le voleur,
Il ne parut icy que pour nostre malheur.
Sa force ineuitable a vaincu ma foiblesse,

Et

Et Lucrece par luy n'eſt rien moins que Lucrece.
Mais quelques grands ſuccez qui ſuiuent ſes efforts,
Le barbare qu'il eſt n'a vaincu que le corps.
Ce ne fut pas Lucrece à mourir toute preſte,
Qui fut de ce Tyran la honteuſe conqueſte;
Mais ce ne fut qu'vn corps ſans ame & ſans appas,
Puis que l'ame n'eſt point ou l'on ne conſent pas.
Ainſi ce bien me reſte au tourment que i'endure,
Que dans vn corps ſoüillé, ie garde vne ame pure,
Comparable au treſor qui ne perd pas ſon prix,
Pour eſtre enſeuely deſſous quelque debris.
Ouy malgré ce Tyran ie garde vne ame nette,
Telle que ie l'ay priſe, & que le Ciel l'a faite,
Telle qu'elle entre au corps & qu'elle part des Dieux,
Telle on doit la iuger dans ce corps odieux.
Et bien que dans vn ſiecle & ſi bas, & ſi lâche,
Le vice triomphant ne laiſſe rien ſans tâche,
Ce corps comme ſon ame auroit ſon ornement,
Si Lucrece euſt veſcu moins d'vn iour ſeulement.
Mais enfin contemplez Lucrece deſoléë,
Voyez-la ſans honneur, voyez-la violée;
Mon ſort eſpouuentable, & comblé de fureurs,
Ne vous appelle icy que pour voir tant d'horreurs.
Lucrece n'eſt plus rien, & n'a plus rien d'auguſte,
Que les nobles deſirs d'vne vengeance iuſte;
Encore à mon malheur ſeront-ils imparfaits,

L

Si vos bras genereux n'en monſtrent les effets.
Donc ſi mon mal eſt grand, s'il eſt ſans allegeance,
Qu'il ne ſoit pas au moins ſans fruit & ſãs vẽgeance,
Conſeruez par le coup que j'attends de vos mains,
Ce qui reſte de chaſte, ou regnent les Romains :
Perdez pour vous ſauuer vn Tyran redoutable,
Et rendez au pays mon malheur profitable ;
Mes maux bien qu'infinis me ſembleront moins grãs,
Si l'on les fait ſeruir à perdre des Tyrans.
Regardez qui ie ſuis, regardez qui vous eſtes,
Excitez ſans reſpect de ſanglantes tempeſtes,
Faites par mille horreurs le crime deteſter,
Ou l'on vange l'honneur, rien n'eſt à reſpecter.
Que le troſne ne ſerue à ce Demon viſible,
Qu'à rendre à l'Vniuers ſa cheute plus horrible,
Et qu'enfin ce barbare aprés de longs tourmens,
Ne puiſſe eſtre connu que par ſes chaſtimens.
Iurez cette vengeance, ou luit tant de iuſtice,
Que la foy la commence, & la main l'accompliſſe ;
Cét honneur, que ie perds, fut auſſi voſtre bien,
Vãgez donc d'vn ſeul coup voſtre hõneur, & le mien.

COLLATIN.

Paraiſtray-je inſenſible à cét outrage extréme,
Qui deſtruit lâchement la moitié de moy-meſme ?
Non, ma vengeance ira juſqu'aux plus hauts deſſeins.

Ou jamais la fureur ayt porté les humains,
Et sans qu'il soit besoing que ma bouche le jure,
Le titre que ie porte est la voix qui l'assure.

LE PERE.

Espere de mon bras toute sorte d'effort,
On verra ta vengeance ou l'on verra ma mort,
Ne m'en conjure point, en pareille auenture,
Vn Pere est trop instruict par la seule nature.
Voy ce que ie te suis, considere mon rang,
Et si sans m'esmouuoir, on corromproit mon sang.

BRVTE.

Ny nature, ny sang, ny lien d'hymenée
N'engagent point icy ma parole donnée;
Ce n'est point la fureur qui forme mes desseins,
Mais la seule iustice engage icy mes mains.
Elle seule rendra mon effort legitime,
Et de vostre Tyran fera vostre victime.
I'en atteste du Ciel les trosnes redoutez,
I'en atteste d'enfer les noires deitez,
Aux sermens que ie faits pour cette iuste guerre,
I'appelle autant de Dieux qu'en adore la terre,
Et veux que pour moy seul l'enfer ayt des tourmens
Si de lâches effets dementent mes serments.
Ouy ie vous vangeray, ie vous le iure encore,

L ij

Les sermens que ie faits sont des loix que i'adore,
Et pour rendre à vos yeux tant de crimes punis,
De mesme que nos mains nos cœurs seront vnis.
Consolez vous, Madame, en ce malheur extresme,
La vertu que l'on force est tousiours elle mesme
L'outrage le plus grand ne la peut dementir,
Et pour perdre sa gloire il y faut consentir.

LVCRECE.

Apres tant de sermens accordez à mes larmes,
Vous sçauez ou l'honneur doit conduire vos armes,
Et pour rendre le calme à mon esprit geyné,
Ie sçay ce que ie dois a ce corps prophané.
Mon honneur offencé vous porte à ma vengeance,
Vous y voüez vos cœurs, & vostre diligence,
Mais de plus forts moyens vous pourront obliger,
Quand vous aurez ma gloire, & ma mort à vanger.

COLLATIN.

O Dieux! le coup est fait, ha Lucrece, ma vie,
Ne doy-ie pas mourir puis que tu m'es rauie?
Cét iniuste poignard est des-ja dans mon sein,
Et ie meurs comme toy par le coup de ta main.
Peut-on d'vn mesme cœur trauersé de la sorte,
Voir vne moitié viue, & l'autre des-ja morte?

LVCRÈCE.

Viuez pour me vanger, & pour vostre interest,
Le Ciel, qui nous gouuerne, en a donné l'arrest,
Et son pouuoir plus iuste & plus fort que le nostre,
Veut qu'vne moitié viue afin de vanger l'autre.
Ie sors auec plaisir d'vn siecle infortuné,
Ou c'est honte de viure & malheur d'estre né;
Mon esprit, cher espoux, ny peut estre qu'en guerre,
Il deteste ce corps, comme vne infame terre,
Et pour estre a toy seul il fuit d'vn logement,
Qu'on ne peut plus vanter d'estre a toy seulement.
*   O vous par qui le Ciel m'a donné la naissance,*
Adoucissez mes maux par vn peu de constance,
Ne dois-je pas au moins parmi tant de malheurs,
Desrober à vos yeux vn subjet de douleurs?
Pourrois-je en cét estat conseruer vne vie,
Qui de honte & d'horreur ne fut pas poursuiuie?
Et doit-on plaindre vn coup heureusemēt vainqueur
Qui de l'vn & de l'autre a deliuré mon cœur?
Mais cessez de pleurer cét estrange auanture,
Contentez la iustice, ainsi que la nature,
Et pour faire esclater vn illustre courroux,
Souuenez vous des noms & de pere & d'espoux.
Adieu, ie meurs au moins auec cette allegresse
Que pour viure pudique, il faut suiure Lucrece;

Et qu'en baisant la main, qui s'armera pour moy,
Ie vay rendre l'esprit ou i'ay donné ma foy.

LE PERE.

O Pere mal-heureux, ô deplorable fille,
Ornement prophané de ma triste famille,
Que seruent des vertus les tresors apparans,
S'il sont faits auiourd'huy le butin des Tyrans?

COLLATIN.

Lucrece malheureuse, & pourtant adorable,
Est il a mon destin, vn destin comparable?
D'vn lâche vsurpateur les vicieux efforts,
Commencerent icy de piller mes tresors,
Et par vn coup estrange, autant qu'il m'est funeste,
Ta main & ta vertu me dérobent le reste:

BRVTE.

Malheureuse vertu, deité sans pouuoir,
Qui ne peut conseruer ce qui la fait valloir.

COLLATIN.

Elle est morte, & ie vis! ha fortune cruelle,
O Dieux, mais c'est en vain que ma plainte en appelle,
Si le vice triomphe, est il des deitez?

BRVTE.

Ne ioins point le blaspheme à tes aduersitez.

COLLATIN.

Fidelle & seul amy, moy mesme ie confesse,
Que i'accuse les Dieux, que i'ay trahy Lucrece,
Mais chasse de ce corps vn esprit odieux,
Et vange ainsi d'vn coup, & Lucrece & les Dieux.
Ha, ma punition est icy trop certaine,
I'ay trahy ma Lucrece, & sa perte est ma peyne.
O Dieux pour chastier vn miserable espoux,
Falloit-il perdre vn sang plus innocent que vous.
Ha cruelle iustice estrange & detestable,
Où l'innocent patit bien plus que le coupable!
C'est à moy qu'estoit deu cét effort rigoureux,
Que ton cœur a receu de ton bras genereux;
C'est moy qui t'amenay le voleur qui t'outrage,
C'est moy dont les discours ont allumé sa rage,
C'est moy qui le premier trauaillay contre toy,
Et tu dois demander qu'on te vange de moy.
O succez malheureux autant qu'il est estrange,
I'honnoray ta vertu d'vne iuste loüange,
Et par cette loüange à toy-mesme inhumain,
I'ay forgé ce poignard qui t'a percé le sein.

Il se
tourne
vers Lu-
crece.

Ha funeste pensers , vertus que i'ay cheries,
Changez vous dans mon ame en autant de furies,
Et pour me tourmenter auec plus de rigueur,
Faites selon mes vœux vn enfer de mon cœur.
Mon ame, ma Lucrece à qui les destinées
Deuoient pour nostre bien de plus courtes iournées,
Quelle seuere loy t'obligeoit auiourd'huy,
De punir dessus toy les offences d'autruy?
Que n'as-tu surmonté ton courage indomptable?
Telle qu'il plaist au sort, tu me serois aymable.
Ton objet m'est tousiours vn objet precieux,
Que le crime d'autruy ne rend pas odieux.
Voy sous de si grands maux ma constance abbatuë,
Tu meurs de deplaisir, & le remords me tue.

BRVTE.

C'est trop verser de pleurs, c'est trop de temps perdu,
Et nous deuons du sang, à ce sang respandu.
Resueillez vos fureurs au bruit de tant d'orages,
Toute plainte est honteuse aux genereux courages,
Ce sang & cette mort vous doiuent enflammer,
Et vous mourrez du coup, qui vous doit animer.

COLLATIN.

En vain à la vanger ton ardeur nous inuite,

Bien

Bien mieux que tes discours ce sang nous sollicite,
Il nous inspire seul de mortelles rigueurs,
Et tout glacé qu'il est, il enflamme nos cœurs.

LE PERE.

En vain pour m'accabler, les tristes destinées
Ioignent le faix des maux au faix de mes années,
Si le corps a changé, ce cœur ne peut changer,
Et quand ie perds mon sang, ie le sçay bien vanger.

BRVTE.

Precipitons nous donc ou la foy nous engage,
Cette fatale main commencera l'ouurage,
I'en iure vne autre fois par vn objet si saint,
Et par le chaste sang dont ce poignard est teint,
Il seruit à sa perte, & pour vostre allegeance
Il doit plus iustement seruir à sa vengeance.
Des-ja par mille excez les Tarquins odieux,
Ont sur eux attiré la colere des Dieux;
Leur seule cruauté gaigna le diadesme,
Ils l'acquirent par crime & le perdront de mesme,
Rome n'attend qu'vn bras qui luy rende ses droits,
Et chasse ses Tyrans du trosne de ses Roys.

FIN.

M

LE
CLARIGENE
Tragicomedie
DE DV RYER